Los cuentos del abuelo P

Maribrujas y otros cuentos

Jose Carlos Díaz Ramos

Alexandria Library
MIAMI

Maribrujas y otros cuentos
© José Carlos Díaz Ramos, 2014
Todos los derechos reservados.

pepecarlosdiaz@hotmail.com

ISBN: 978-1499248432

Editor: Baltasar Santiago Martín
bmartin1955@att.net

Diseño de cubierta e ilustraciones: Arq. Martin Cedeño
elmartinson@yahoo.es

Diseño tipográfico: Laura Portilla

Este libro se puede adquirir en Amazon.com

www.alexlib.com

Magda y Magdalena,
dos muñecas hermanas

Los padres de Francesca eran muy ricos. Francesca había sacado buenas notas, y por eso sus padres le regalaron una linda muñeca.

Durante los primeros días, la niña jugó mucho con su preciosa muñeca, a la que llamó Magdalena, pero, al cabo de un tiempo, Magdalena quedó de adorno en una empolvada vitrina. ¡Ya nadie le hablaba, ni la acostaba a dormir, y ni siquiera la acunaba un momentito!, por lo que Magdalena vivía muy triste en la lujosa casa. Además, Francesca tampoco quería que nadie la tocara.

Al llegar la Navidad, la mamá de Francesca compró muchas cosas nuevas: lámparas, adornos y juguetes, y entre otros objetos, tiró a la basura a Magdalena, que quedó estropeada y con los ojos muy abiertos.

Una mujer muy pobre que iba con sus dos niñas de camino a la escuela, vio a la muñeca en la basura, la tomó entre sus manos, pero la cabeza cayó al suelo separada de su cuerpo. Sus hijas, muy contentas por la nueva muñeca encontrada, tomaron cada una un pedazo de la infeliz Magdalena.

Ana, la mayor de las niñas, tomó el cuerpo sin cabeza y lo apretó contra su pecho, comenzó a mecerla y a contarle lindas historias; se había olvidado de que su muñeca no tenía cabeza.

Inés, la menor, agarró la cabeza entre sus manos, y mientras le hablaba y la peinaba la miraba fijamente a los ojos.

A su regreso a casa, las niñas saltaban de alegría, ya que nunca habían tenido una muñeca tan grande y linda como esta, a pesar de que estaba rota y desnuda.

Por eso, esa misma noche, su mamá comenzó a reparar a la dañada Magdalena.

—Si hago una sola muñeca habrá problemas..., cada niña quiere su parte —se dijo la madre en voz baja.

Así que abrió la máquina de coser y cosió hasta muy tarde —hilvanaba, remendaba y pespunteaba por el otro—, para así poder tener dos lindas muñecas.

A la bella cabeza le añadió un robusto cuerpo de trapo, con largas piernas y estilizados brazos, y a esta preciosa muñequita la llamó "Magdalena".

Después, con mucho cuidado y esmero, cosió al desnudo torso una cabeza de trapo, con unos redondos ojos verdes y unos labios muy rojos. A esta la llamó simplemente "Magda".

Cuando las niñas volvieron de la escuela, corrieron al cuarto y se quedaron boquiabiertas: ¡dos bellas muñecas descansaban en la cama! Y no se equivocaron ni discutieron: Inés tomó a Magdalena, y Ana abrazó a Magda.

Las dos niñas jugaron las casitas: ellas eran las madres, y sus muñecas, las hijas. Sentaban a las muñecas en sillas y jugaban a la escuelita, repitiendo las clases recibidas por la mañana.

Después, las llevaban de paseo y las sentaban a merendar; les daban pequeños sorbos de leche (por supuesto, esto último a espaldas de su mamá).

Cuando se hacía de noche, las dormían y les cantaban melódicas canciones de cuna.

—"Duérmete mi niña, duérmete mi amor, duérmete pedazo de mi corazón".

Nunca antes la desgraciada Magdalena se había sentido tan feliz, por lo que ya no deseó volver a la gran casa de la niña rica, pues ahora hasta tenía una hermana, Magda, con su cabecita de trapo, a la que siempre llamaba "mi hermana querida".

Y fue tal el cuidado y el cariño de las niñas por las muñecas, que hoy en día son dos mujercitas y todavía las cuidan y visten con esmero.

De noche duermen con ellas, y de día las dos muñecas hermanas descansan en los sillones de la sala.

Y la mamá de las niñas, ya mucho más cansada y canosa, repite a menudo:

—Cuidaremos mucho a Magda y Magdalena, para que también sean las preferidas de mis nietas.

Un atrevido fósforo, flaco y cabezón, se salía todos los días de la caja que lo guardaba; esta lo regañaba constantemente, alegando:

—Te vas a humedecer. Se te va a desbaratar la cabeza. Si cambian la caja de posición o se la llevan, te quedarás botado.

Y exactamente así ocurrió: cambiaron de posición la caja y el fosforillo cayó al suelo, donde sucio y olvidado veía con desconsuelo cuán útiles eran sus compañeros, que todas las mañanas daban una hermosa llama que servía para calentar la estufa que llenaba de calor toda la casa, mientras otros ofrecían su llama para hervir la leche, calentar el café o asar la carne.

Mas el atrevido fosforillo estaba olvidado y húmedo, todo empolvado en un rincón de la cocina, sin utilidad alguna, por lo que fue barrido y tirado a la basura.

Al día siguiente lo recogieron y fue a parar a un basurero de donde salía tremendo mal olor y mucha humedad.

—Qué tristeza, yo que nací para dar luz y calor, y aquí no seré útil, no podré nunca dar una hermosa llama.

Me voy a podrir, sin quemarme..., y mira que "mamá cajita" me lo advirtió —dijo esto con la voz muy apagada.

Pero el sol que lo escuchaba, vio su tristeza y decidió darle un poco de felicidad.

Concentró sus rayos sobre él durante toda la mañana y, ya al mediodía, de su cabeza seca y caliente brotó una débil llama que rápidamente tomó fuerza en medio de aquel basurero, que ardió toda una tarde hasta desaparecer.

No quedaron papeles, ni trapos en el suelo, y al fin desapareció el mal olor y la humedad, y el pedazo de fósforo que quedó, flaco, quemado y sin cabeza, se sintió orgulloso y feliz de haber cumplido su función en la vida.

Maribrujas

Maricusa era una niña que nació bruja porque sus padres también lo eran.

Apenas con seis añitos, sabía hacer pestilentes caldos en un caldero de tres patas, llevaba los dientes negros y sucios, y tampoco le gustaba peinarse.

Era conocida en toda la zona como "Maribrujas". Montada en una escoba, se vestía con largas batas de colores grises y negros.

Su juego preferido era salir a pasear por las tardes y asustar a los niños que regresaban de la escuela.

—¡Qué divertido! Son unos tontos..., ¡qué miedo me tienen!

Se quedó pensativa, mientras los niños corrían atemorizados:

—¡Qué bobos son!; no sé qué van a aprender con esa maestra fea, que no hace más que regañarlos y mandarme a buscar a mí..., ¡a mí! —continuó; —como si yo fuera a ir a esa tonta escuela —terminó de decir "Maribrujas".

Llegó corriendo a su desordenada casa en las afueras del pueblo, y se encontró con que su padre dormitaba la borrachera del día anterior sobre el camastro, mientras que su mamá, sentada en el patio, fumaba su larga pipa, por lo que Maribrujas se sintió sin saber qué hacer, aburrida.

Sus padres no le hacían caso; tampoco tenía niños a los que asustar, y ya estaba cansada de jugar con huesos, hechizos y escobas viejas.

Entonces, aunque tarde, decidió dar un paseo por el cercano pueblo.

Ya era de noche y, por lo tanto, no había niños en las calles; y cuando los encontraba, iban acompañados de sus padres y no podía asustarlos ni meterse con ellos...; ¡qué aburrido le resultaba vivir así!

Entonces se acercó al parque donde los niños montaban el tiovivo, las hamacas y las canales, pero cuando llegaba Maribrujas todos se apartaban y la rechazaban.

Esa noche, Maribrujas regresó muy triste y disgustada a su casa, y se miró al espejo durante un largo rato. Su pelo estaba revuelto; sus mejillas, sucias; igual que sus uñas, largas y tiznadas.

—Nadie se parece a mí —se dijo en voz baja.

Al día siguiente, Maribrujas se levantó muy temprano, con el canto y alboroto de los pájaros; se lavó la cara y las manos, y se lavó los dientes como mejor pudo. Se puso una bata de color rosa que le habían regalado, lavó sus cabellos y comenzó a peinarse con un viejo peine que un día había encontrado en la basura.

El padre, todavía medio ebrio, no la reconoció cuando la vio y le preguntó:

—Niña, ¿qué haces en mi casa? Vete, no te queremos aquí.

Y llamó a gritos:

—¡Maribrujas…, Maribrujas!

Pero Maribrujas no contestó; tomó el camino del pueblo, y una vecina que la reconoció abrió los ojos y se quedó boquiabierta.

—Buenos días señora —dijo por primera vez en su vida Maribrujas.

La mujer le contestó con un gesto, ya que no pudo articular palabra alguna.

—¿Me puede prestar una escoba? —preguntó la niña.

La mujer se le acercó corriendo y, sin decir nada, le entregó una linda escoba. Maribrujas le dio las gracias y se alejó con la escoba al hombro. Cuando llegó a un recodo del camino, se la puso entre las piernas y dijo la frase mágica:

—¡Vuela escoba mágica, vuela y abre tus alas… que Maribrujas te lo ordena!

Y mientras volaba, con un paño limpió y frotó con fuerza sus empolvados zapatos, que brillaron igual que su pelo desenredado y peinado por primera vez.

Al llegar al patio de la escuela, descendió suavemente; los niños gritaban de alegría, no conocían a aquella muchacha tan hermosa y limpia, que jugaba a las brujas con una reluciente escoba nueva.

Los niños, que creían que aquello era un nuevo juguete, le pidieron que les prestara la escoba para dar una vueltecita.

Maribrujas estaba algo desconcertada, acostumbrada a que los niños siempre huyeran de ella, mientras que ahora, con palabras de halago, le pedían una vueltecita en su escoba.

Por un momento quiso despeinarse, ponerse su bata vieja, y volver a ser la brujita de siempre...; ¡los niños le tenían tanto miedo!

Pero, de pronto, una mano suave la tocó con delicadeza —¡qué susto! —era, nada más y nada menos, que la mano de la maestra.

—¡Qué niña tan linda! ¿A qué curso vas? —le preguntó la profesora.

Maribrujas se quedó muda. Tampoco la maestra la reconocía..., ¿y quería que ella estudiara? Quiso irse, mas le faltaron fuerzas para salir huyendo, y tampoco pudo decir las palabras mágicas que hacían volar a su escoba. La maestra tampoco esperó a nada.

—Comenzarás el primer curso en la clase No.1...; yo seré tu maestra.

Maribrujas abrió los ojos, y, olvidándolo todo por un momento, preguntó ingenuamente:

—¿Y aprenderé a leer..., a pintar...?

—A todo eso; además, visitarás bellos museos, harás excursiones al zoológico, y otras muchas cosas —respondió entusiasmada la maestra.

—Es que yo vivo muy lejos... y no podré asistir todos los días —dijo Maribrujas tratando de esquivar la escuela.

Pero la maestra le explicó que eso no era un problema, y señaló una casa emplazada al fondo de la escuela.

—Mira, allí vivo con los niños que, como tú, no pueden ir todos los días a su casa.

—¿Y tendré una habitación limpia, con muñecas y libros...? —dijo Maribrujas con los ojos muy abiertos.

—Además, dormirás con otras niñas que también viven lejos y serán tus amigas.

La maestra, acompañada por los niños de primer curso, le enseñó el aula, los laboratorios y su dormitorio.

Maribrujas nunca había sido tan feliz ni jamás se había sentido tan respetada.

Sus padres tuvieron que ponerse a trabajar, porque ya Maribrujas no pedía limosnas, pero sí iba todos los fines de semana a verlos y a limpiarles la casa. Luego, con el tiempo que le quedaba, visitaba a sus amiguitos no internos y les daba cortos paseos, en su embrujada escoba, a la voz de:

—¡Vuela escoba mágica, vuela y abre tus alas.... que Maribrujas te lo ordena!

Tiburón, perro, caimán

Hace ya algún tiempo conocí a un tiburón tan voraz que no tenía suficiente con los peces del litoral, por lo que comenzó a nadar por la orilla de la costa, mirando desconsoladamente a los animales terrestres. En muchas ocasiones, cuando algún pequeño pato saltaba al agua, inmediatamente era devorado de un solo mordisco. Era tal el apetito de este insaciable tiburón, que incluso desplumaba y se comía a los cansados pelícanos que reposaban en las tranquilas aguas costeras.

Su glotonería llegó a tal extremo que se escondía debajo de los arrecifes de la costa y permanecía durante largas horas al acecho de algún animal que ingenuamente se acercara a la orilla. También las blancas gaviotas de cuello negro tuvieron que retirar sus nidos de los arrecifes, porque, al menor descuido, el insaciable tiburón saltaba y, de un mordisco, los devoraba en el aire.

Una tarde llegó hasta la orilla un pequeño y lanudo perrito que ladraba amenazando con morder a un viejo y largo caimán costero que reposaba al sol. En su jugueteo con el caimán, el perrito por un momento se situó de espaldas al mar. El tiburón, que pasaba veloz con su aleta a la vista, se detuvo y lo miró detenidamente. Nunca antes había visto a un perro, pero, pasada la curiosidad de los primeros momentos, lo encontró apetitoso y su boca comenzó a entreabrirse amenazadoramente mientras se alejaba de la orilla.

De repente, ante el asombro del caimán y de una blanca gaviota que también observaba la situación, las aguas se abrieron desde lo más profundo, y el temido tiburón se lanzó como una flecha hasta lo alto de la roca donde se encontraba el osado perrito, pero este, fiel a su instinto, sin siquiera saber qué pasaba, dio un gran salto cuando oyó el chasquido del agua que se abría.

"El Pinto" —así se llamaba el perrito— quedó tan asustado y cerca del caimán, que este podría haberlo destrozado de un mordisco, pero el viejo y robusto caimán no prestó atención a aquel perrito bullero y juguetón que todos los días iba a romperle el sueño con sus ladridos, sino que, mientras "El Pinto" se alejaba a todo correr, con el rabo entre las patas, el corpulento reptil se acercó hasta la orilla para ver de cerca quién era el intruso que se había atrevido a incursionar su territorio.

El tiburón, que nadaba inquieto y molesto por el fallido intento, se detuvo bruscamente ante el nuevo huésped, que con sus pequeños ojos verdes lo miraba amenazadoramente de medio lado; en su boca, ligeramente entreabierta, sobresalían dos largas hileras de afilados dientes. El tiburón pensó en saltar y atacar a aquel feo y largo hocico que lo desafiaba, pero se detuvo ante el gran tamaño de su boca, y también el cocodrilo pensó lo mismo; sin embargo se acobardó al ver la agilidad y la fortaleza de aquel extraño rival.

Tras este mutuo reconocimiento —y sin dejar de observar al fiero escualo—, el cocodrilo comenzó a alejarse con pequeños pasos hacia atrás, hacia el terreno pantanoso que era su hábitat.

El tiburón también aprovechó la situación y lo imitó; fue a internarse en las oscuras aguas, cargadas de verdes algas, hacia mar abierto.

Aquellas dos bestias de diferentes hábitats nunca se pudieron olvidaron la una de la otra.

Ya hacía tiempo que al tiburón no le bastaba con dominar el mar y soñaba con reinar en la tierra, así que seguía acechando todos los movimientos en la costa. Sin embargo, el viejo caimán decidió no acercarse mucho al agua para no estar a su alcance, aunque tampoco se alejaba de la orilla y vigilaba constantemente al intruso que amenazaba su reino.

Una mañana, el tiburón vio con codicia cómo el caimán se adentraba en las tibias aguas de la desembocadura del río; el inquieto tiburón pensó que aquella era la ocasión propicia para probar fuerzas con aquel larguirucho animal.

Subió por la desembocadura del río y comprobó que el agua era menos salobre y, por lo tanto, tenía dificultades para respirar y mantenerse a flote. El caimán, que lo esperaba con la boca abierta, vio cómo se arrepentía y regresaba al mar.

Esa noche el cocodrilo subió a lo alto de una roca y desde allí desafió al tiburón, tirando fuertes dentelladas al aire.

El tiburón lo vio a su alcance y, de un gran salto, se lanzó a la roca. El caimán, que lo esperaba, se movió rápido y se apartó. El tiburón cayó sobre el suelo, con la boca abierta, tirando torpes mordidas al aire, ya que sus fuertes aletas no le permitían moverse en medio de aquella desolada roca; lo único que lograba hacer era saltar desorganizadamente sobre su fuerte cola.

El caimán permaneció quieto un momento, analizando la situación, y se lanzó sobre él. Con una fuerte dentellada abrió parte de su cola. El tiburón, que se sentía asfixiado fuera del agua, sabía que si no huía sería devorado en el próximo ataque; sacó sus últimas fuerzas saltar y regresar al agua.

El caimán, cuando vio que huía, se envalentonó y se echó al mar para perseguirlo y acabar con él de una vez por todas. Cuando al tiburón se le pasó el susto, se sintió dueño absoluto de su medio acuático y fue en busca del atrevido reptil. De la primera embestida, el vientre de este comenzó a sangrar. Rápidamente el caimán entendió que en aquellas profundas y saladas aguas sería fácil presa de la bestia marina.

El astuto reptil aprovechó que el tiburón se había alejado unos metros para tomar impulso y atacarlo nuevamente, y no le presentó combate, sino que nadó velozmente hasta la orilla, y ya fuera del agua, comenzó a retarlo nuevamente para que saltara a tierra.

Desde aquel día, ambos depredadores se desafían todas las tardes en la orilla que delimita sus diferentes reinos. Sin embargo, nunca más el tiburón saltó a tierra, ni el caimán entró en el mar.

Sobre el autor

José Carlos Díaz –"El abuelo Pepe" –, autor de este libro de cuentos "para todas las edades", nació en Güines, un pueblo al sur de la Ciudad de La Habana, en el seno de una familia rica en valores y principios morales y espirituales, lo que nos devela la razón de su detallado conocimiento de la vida del campesino cubano y de los "secretos" de la fauna y la flora de la hermosa y feraz isla caribeña.

De Güines la familia se mudó para Mantilla, un barrio de La Habana, ciudad en cuya universidad estudió la carrera de profesor de Enseñanza Media Superior, la cual ejerció por más de 25 años, lo que explica el carácter educativo de sus cuentos y su preocupación por inculcar valores y principios universales como la honestidad, el amor al trabajo, la bondad, el altruismo, el amor y la solidaridad.

José emigró a España en 1999 y luego, en el 2004, se asentó con su esposa, hijos y nietos en Miami, Estados Unidos.

"Desde mi adolescencia me gustó la escritura, pero sobre todo cuentos con un mensaje educativo, como estos que escribí pensando en mis hijos cuando vivía en Mantilla, y que ahora publico en Miami para mis nietos", respondió el sencillo y noble escritor a mi pregunta de por qué Los cuentos del abuelo Pepe, este libro hermoso, tierno, auténtico y nada aburrido, que trata de historias llenas de acción, con combates con fieros cocodrilos, tiburones y ataques de aves de rapiña, aunque también habla de flores vanidosas, muñecas hermanas, hadas y otros seres encantados y encantadores, que cautivarán, como se acostumbraba a decir antaño, "a grandes y a chicos".

Baltasar Santiago Martín

Made in the USA
Middletown, DE
24 April 2022

64693957R00018